KB272250

꽃잎 한 장

최동은
2002년 『시안』을 통해 시인으로 등단했다.
시집 『술래』 『한 사흘은 수천 년이고』 『꽃잎 한 장』을 썼다.

파란에서 펴낸 최동은의 시집
한 사흘은 수천 년이고(2021)
꽃잎 한 장(2026)

파란시선 0178 꽃잎 한 장

1판 1쇄 펴낸날 2026년 4월 30일
지은이 최동은
인쇄인 (주)두경 정지오
디자인 이다경
펴낸이 채상우
펴낸곳 (주)함께하는출판그룹파란
등록번호 제2015-000068호
등록일자 2015년 9월 15일
주소 (10387) 경기도 고양시 일산서구 중앙로 1455 대우시티프라자 B1 202-1호
전화 031-919-4288
팩스 031-919-4287
모바일팩스 0504-441-3439
이메일 bookparan2015@hanmail.net

©최동은, 2026, printed in Seoul, Korea

ISBN 979-11-94799-31-3 03810

값 12,000원

*이 책 내용의 전부 또는 일부를 재사용하려면 반드시 저작권자와 (주)함께하는출판그룹
파란 양측의 동의를 받아야 합니다.
*잘못된 책은 바꾸어 드립니다.
*지은이와의 협의 하에 인지는 생략합니다.

꽃잎 한 장

최동은 시집

시인의 말

막다른 골목 끝에서

너를 만났다

낯선 말이 튀어나왔다

어느 실성한 봄에게 이 시집을 바친다

차례

해설

제1부

공중

이쪽은 환한데
저쪽은 깜깜하다
죽은 사람들이 줄 서 있는 것 같다

이 나라에서
바다를 보려면
세 나라를 거쳐야 한다고

내리면서 쌓이면서 사라지면서
눈은 수백 년 내린 눈 그대로인데

칼같이 뾰족한 저 산맥의 이름은 뭘까
햇빛이 비행기 날개 끝으로 미끄러지는 것이 보인다

거울 속에 거울 속에 거울처럼
눈 속에 눈 속에 눈처럼
보였다 안 보였다 보였다

저기 봐
들판이 온통 하얀 꽃잎 한 장이야

—

그 아래 누군가 걸어가는 것 같다

지금보다 더 지금 같은 지금이
활주로 위에 누워 있다

—

오렌지 기하학에 대한 질문

어느 쪽으로 갈까? 손바닥에 침을 탁 쳤어요 동쪽? 오렌지 하나를 들고 동쪽으로 길을 떠났어요 아침 햇빛이 뽀얗게 어른거렸어요 숲으로 가는 길을 지나 작은 냇물을 건너다 그만 한쪽 발이 빠졌어요 잠시 거기 앉아 신발을 말렸어요 들고 있던 오렌지의 낯빛이 어두워졌어요 나는 시든 오렌지를 던졌어요 다신 널 볼 일 없을 거야 풀숲에 떨어진 오렌지는 잿빛으로 변해 갔어요

그런데 나는 오렌지밭에서 왔나요 아버지가 오렌지밭에서 일했나요 거기서 엄마를 만났나요 오렌지 향기는 바람에 날리고 내가 태어났나요 엄마 아빠가 오렌지를 던지며 싸우다 내 엉덩이에 멍이 들었나요 그때 증조할매가 오렌지를 뒤집어쓰고 달려왔나요 오렌지 향기는 바람에 날리고 싸움이 끝나고 할매는 죽어 오렌지밭에 묻혔나요 죽었지만 죽지 않았나요 오렌지 향기는 바람에 날리고 나의 오렌지는 오렌지밭을 떠났나요

마트에 오렌지가 수북 쌓여 있네요 한 여자가 계속 고르고 있어요 골라 골라 골라…… 오렌지는 오렌지끼리 부딪치고 떨어져 굴러가는데 여긴 오렌지 향기 같은 건 없어요

후텁지근한 공기만 가득해요 매니큐어 바른 손가락들만 날
렵하게 움직여요 어떤 손가락은 맘에 들지 않는지 봉지에
담았던 것들을 주르르 쏟아 놓아요 오렌지밭을 떠난 지 오
랜 것들은 온몸에 멍 자국이 나고요

식탁에 오렌지는 머지않아 껍질에 칼자국이 나겠지요 그
는 알맹이를 몇 쪽쯤 가지고 있을까요? 이 둥근 오렌지 기
하학을 쓴 시인은 누구죠? 과도로 껍질을 벗기면 오렌지의
기하학이 보일까요? 그 속에 진짜 오렌지가 있을까요?

*오렌지 기하학: 함기석 시인의 시집 제목.

한 수국이 흐릿하게 피어 있다

머리 위로 뜨거운 빛이 쏟아진다

내게 복숭아 봉지를 내밀던 사람이
버스에서 내린다

여긴…… 모르는 곳인데
몇 겹의 꿈을 거쳐 온 곳일까

모르는 곳이 아는 곳으로
아는 곳이 모르는 곳으로
시시각각 바뀌어 가는 골목

흰 시멘트 건물 1층에는 미미수족관이 있고
머리에 혹 달린 물고기가 두리번두리번 사람들을 쳐다본다
이 물고기는 어떤 종류의 변종일까
자신의 종족을 어디에 두고 저 속까지 도착했을까
유리 벽엔 이끼가 자라는데
물속 형광 불은 꺼지지 않는다
분명 저 물고기는 아는 이름 같은데
도무지 기억나지 않는다

예닐곱 살은 된 아이가 놀이터 그네에 앉아 그림자놀이를
하며 묻는다
네가 훔쳐 갔니? 내 그림자
이야아아아옹
고양이는 길게 몸을 늘이며 어린아이 울음소리를 낸다

어두워지기에는 이른 시간
귀가 가렵다
그 어느 쪽에서 수국이 지나 보다
그 자리를 지키려는 듯, 한 수국이 흐릿하게 피어 있다

북극여우

액자 속에는
완벽한 위장술로 겨울을 사는 북극여우 한 마리가 있다

액자 속은 환한 밤중이다
얼음 벌판을 달리는 저 여우는 앞으로 가도 뒤로 가도 제
자리이다

불 좀 켜 봐!

너는
남의 시간을 빌려 쓰는 것 같아 벽시계를 걸지 않는다 했다
그러나
내가 빌려 쓴 너의 시간은 지금 열두 시 조금 넘었다

북극은 난이도 높은 수학 문제를 풀어야 도착할 것 같은 곳

자다 깬 아이가 가위를 들고 방 안을 돌다 여우의 꼬리를
잘랐는지 다시 잠이 든다

나는 수십 년 우리의 여우를 찾아 헤매는 중

같은 길을 빙빙 돌며 눈길에 푹푹 빠지며

그동안 넌 뭘 보았니?
눈이 까만 그놈은 어디로 갔지?

저~쪽
우리는 서로 다른 곳을 가리킨다

꼬리 없는 여우가 슬그머니 액자 속을 빠져나간다
이불을 끌어당기며 네가 내 꿈을 꾼다

토핑 하나 얹어 줄까

심심하다고?
독서는?
산책은?
다 재미없다고

방금 화덕에서 꺼낸 피자는 어때?
아직 불맛이 남아 있어
지글지글 치즈 위에 얹힌 토핑, 알록달록

네 그림자를 밟고 싶은데
그건 죽어도 할 수 없다고?
앞으로 가도 뒤로 가도 그림자가 없는 밤
울퉁불퉁 파인 땅도 구덩이도
보이지 않는 밤

토핑을 먼저 먹는다
까만 올리브
벌겋게 부푼 소시지
반쯤 탄 피망
그리고 페퍼로니

어떤 건 씹지 않아도 넘어가고
어떤 건 씹어도 씹히지 않고

말라붙은 개구리 뒷다리를 얹어 줄까
앵무새가 흘린 깃털을 올려 볼까

창문 열고
휴지 한 칸씩 뜯어 날리면
네 머리 위에 하얀 토핑이 쏟아질까
눈처럼

그러니까
그렇고 그런 날 혀 깨물지 말고
밤의 기분을 꼭꼭 씹어 봐

갈매기들은 왜 해 지는 쪽으로 날아갈까

똑같은 장소에서
오늘은 풍선을 보았고 지난번엔 시계탑을 보았다

바다가 보였고
끝없는 바다가 보였고
파도가 밀려왔고, 갔고
수천수만 번 반복했고
젖은 모래는 단단했다

파도는 그 끝없는 반복이 지루하지 않을까
손을 담그면 하얗고 긴 손가락에서 아코디언 소리가 울렸다
파도의 장난이었다

역겨운 괴팍한 근사한 뻔뻔한
그의 장난질이 지워질 때쯤
나는 씹던 껌을 던지고 일어섰다

오늘은 그를 위해 어떤 형용사를 선택할까
나는 그날 그곳에 신발을 두고 왔다
신발은 종일 바다를 보다 바다를 입다 바다를 걷다 바다를

걷어차다
　끝내는 어떻게 되었을까

어떤 영화 속 주인공처럼 울다가 웃고 웃다가 울었을까
반복은 지루하고 해피엔딩은 더 지루하다고 투덜거리며
나는 소리 없는 소음에 길들여졌다

갈매기들은 왜 해 지는 쪽으로 날아갈까
붉은 파도를 물고

새와 케이크

나는 앵무새의 발목을 잡고 케이크를 자르고 있어
내가 자른 케이크 한 조각 물고 새 한 마리 너에게 갈 거야
케이크 먹으며 내 생각하면 네 머릿속에 잡풀이 무성할까

나는 뭔 말인지 모르는 시를 읽고 뭔 말인지 모르는 시를
쓰고
너는 쯧쯧 쩝쩝 도깨비 이모티콘을 보낸다

케이크를 먹었는데 무슨 맛인지 모르겠다고?
생크림 속에 카스테라 카스테라 속에 냉동 딸기
크리스마스가 생각났다고?

나이 든 시 안 돼요
새롭지 않으면 읽지 않아요 조잘대는
새 한 마리 젊은 감각 찾아 신촌으로 홍대 쪽으로
가방 메고 로퍼 신고

남은 케이크를 얼렸다 먹으면 어떤 맛일까
블루베리 맛도 딸기 맛도 아닌 그저 느끼한 맛? 그런데
왜 입속에 거품이 부글거릴까

네 새장의 새는 발목이 없다고?
정말?
발목 없는 새가 보기 싫어 날려 보냈다고

뒤뚱뒤뚱 허공을 날며
새는 내 발목을 빌려 달라 하고
나는 내가 보낸 케이크 속을 찾아보라 하고

아아 피곤하다 나 조금 더 잘게

너는 하지를 지하라고 읽고

잠이 짧았다
나뭇가지 같은 손이 나를 외딴섬으로 끌고 갔다
빛이 없는

깜깜절벽을 빠져나와
지하 계단에 앉아 있었다

멀리 가로등이 보였다
눈을 감았다 뜰 때마다
계단이 하나씩 사라졌다

사라진 계단 위에 아침이 앉아 있었다
꿈이 늘 맑지는 않았다

깔깔한 혓바닥으로 해를 맛볼 수는 없었다
가짜 꽃은 구석에서도 지나치게 선명했다

샤워를 했다
지난밤 꿈을 씻어 내다 잡았던 비누를 놓쳤다
바닥에 거품이 남아 있었다

잠이 돌아올 때까지
밀린 카톡을 지웠다

겨울이 지나갔다
봄이 지나갔다

여름에는 잠이 짧아서 또 헛소리를 했다
내가 누구냐고?

오렌지주스와 허브차

그의 근황을 흘려들었다

나는 색종이 한 장을 반으로 접고
또 접으면서
다음 소식이 궁금하지 않았다

나무의 물이 오르고 잎이 날 때
'봄이 왔어 봄이'
호들갑을 떠는 일은
안 들어도 그만인 일

연두색은 연두색
금방 초록으로 번질 잠깐
반의반으로 접은 새가 집 안을 날아다닌다
눈먼 새

터질 듯 부푼 음식물 쓰레기에 자꾸 눈길이 간다
비 그치면 들고 나가려고……
변명 뒤에는 아무것도 없다

여름 과일은
꼭지부터 무르는 것이 많다
그건 껍질의 문제일까
알맹이의 문제일까

오렌지주스는 오렌지주스
허브차는 허브차
섞을 수 없는 맛

그의 안부가 궁금해질 때
한 모금씩

때로 뜨겁게 때로 차갑게
마셔 볼 일

너는 누구?

창문 뒤에 어른거리는 누가 있다 컴컴해서 보이지 않는데
언제 헤어진 누구인지 본 적조차 없는데 너는 무엇인지? 사
람인지 짐승인지 나무 그림자인지 바람인지 오늘 버스 탔
을 때 내 옆자리에 앉았던 그인지 내가 내릴 때 따라 내린
그인지…… 짐작조차 되지 않는데
너라는 물음과 너라는 대답과 상관없이 진눈깨비 질척거
린다

가령 네가 어제 나와 같이 있었다고 하자 내 옆에서 같이
걸었다 하자 내가 저 꽃 이름이 뭔지 아니? 질문을 했다 하
자 저건 눈꽃이야, 네가 대답했다 하자

너는 분명 꽃 이름을 말했다 하는데
나는 기억이 안 나고

너는 기억하려 애쓰는데 메모장엔 아무것도 쓰여 있지 않고
가령 그때 너를 여기서 기다리라 했다 하자
어딜 갔다 왔느냐고 되물었다 하자
너는 브런치 약속이 있어 파스타를 먹고 왔다고 했다 하자

그런데 너는 왜 지금 여기 있고
나는 또 왜 여기 있니?

고장 난 테이프처럼 우리의 기억은 이어지다 끊어진다
소매 속으로 겨드랑이 사이로 그것들 자꾸 끼어드는데
나는 너를 신발처럼 벗어 버리고 싶은데
신발 속에서 모래만 한 줌 쏟아진다

모래 위에 눈 코 얼굴 그려 놓고 후후 부니
모래알들 하나둘 흩어져 너는 얼굴이 없고
처음부터 없는 얼굴이었고

모른다 카페

초록이 끝나 가는 줄 모르고 해가 지는 줄 모르고 쿠피가 떠난 줄 모르고 여기가 어딘지도 모르고 우두커니 서 있는 나에게 나도 모르게 인사한다
"오랜만입니다 잘 계시지요"
방금 지나간 사람은 나를 모르는데, 나는 모르고 지나온 편의점과 놀이터 미장원에게 어떻게 말을 건네야 할지 모르는 채 모퉁이에 서 있다

모르고 지나친 수많은 나와 모르고 가 버린 수많은 너와 언젠가 한번은 만난 적 있었는지 모른다 카페에는 모르는 사람들이 우글우글 모르는 사람들 사이에서 아는 사람을 만나고 아는 사람들 사이에서 모르는 사람을 만나고 끝나지 않을 것 같은 폭염 속에서 비 맞고 서 있는 미향나무는 왜 서 있는지 모르고

죽는 순간인지도 모르고 도마 위에서 펄떡대는 물고기는 여전히 아가미가 붉고
모르고 떨어진 풋사과의 푸른 목숨

모른다는 말은 잠결에 들리는 옆 사람의 잠꼬대?

"

블라인드 사이에 끼어드는 까마귀 울음소리?
창을 때리는 빗방울의 헛기침 소리인가?

모른다는 말 건너편에서 불쑥 떠오르는 아침, 캄캄함을
모르는 밤, 모르면서 기어코 문을 여는 내일, 아무도 모르게
도착하는 불길한 소식

아무것도 모르면서 커 가는 아이가
발가락 꼼지락꼼지락
지구본을 돌린다

그는 그를 보았다

종이 문이 펄럭였다
그는 인형에게 하얀 옷을 입히고 고깔모자를 씌우고 바라
보다
싫증 난 듯 집어 던졌다
인형은 여전히 눈을 똑바로 뜨고 있었다

이곳은 너무 아득해
그는 침대에 누웠다 일어섰다 다시 누웠다
나침반의 바늘이 흔들리며 방향을 찾는다

동쪽은 바다루 가는 길
서쪽은 옛날 나의 집이 있던 곳
북쪽은 몽달귀신이 산다는 곳
남쪽은 안개에 가려 보이지 않았다
그는 비스듬히 열린 문으로 나가는 자신을 보았다

깨진 액자 속에는 거꾸로 자라는 나무들이 있었다
그것은 수년째 꽃도 피지 않고
가지마다 죽은 새들을 매달고 있었다
'뽑아 버리고 다시 심어야지'

그는 물구나무선 채 거울 속으로 들어가는 자신을 보았다

어디선가 교회 종소리 들리고
청소차의 나팔 울리는데

날이 밝았어!
누군가 소리쳤다
유리창에 빨갛게 해가 붙어 있었다

잠을 훔쳐 간 범인을 잡았다고 호루라기를 불며 경찰이
지나가는데
그는 천 개의 손가락으로
지난밤을 세고 있는 자신을 보았다

뜻밖의 정체성

나는 어쩌다 저 여자를 거치고 그 여자를 거치고 이 여자가
되었는지 모릅니다

저 여자는 시베리아에 살았고 그 여자는 라다크에 살았고
이 여자는 화성 변두리에 살았습니다

저 여자가 낳은 그 여자는 이 여자가 되었고

저 여자가 부른 노래를 그 여자가 불렀고 이 여자도 불렀
습니다

머리를 틀어 올린 저 여자는 숨은 그림을 잘 찾았고 파마
머리의 그 여자는 한 남자를 피해 숨어 살았습니다

숏커트의 이 여자는 버리고 온 아이 찾겠다고 눈만 뜨면
밖으로 나갑니다

저 여자와 그 여자가 이 여자를 찾으러 네일아트숍에 갑
니다

손톱 없는 저 여자의 손톱은 검은색이고 껌 딱딱 씹는 그
여자의 손톱은 빨강색이고 슬리퍼 찍찍 끄는 이 여자의 손
톱은 흰색입니다

슬쩍슬쩍 손톱을 물어뜯는 습관은 저 여자에서 그 여자에서
이 여자로 내려온 오래된 악몽입니다

가끔 용화사에 가면 저 여자 옆에 그 여자 옆에 이 여자가

앉아 화투를 치고 있습니다

　저 여자는 앉은자리에서 오백 년이 됐다 하고 그 여자는
이백오십 년 동안 떠돌다 왔다 하고 이 여자는 백이십 년 동
안 공양간에서 설거지를 했다고 합니다

　저 여자는 집이 어딘지 모른다 하고 그 여자는 부모를 모
른다 하고 이 여자는 자기가 누구인지 모른다 합니다

　저, 그, 이는 처음부터 없는 관계인 것 같습니다
　부질없는 것 맹한 것 다른 것

제2부

카레의 비율

며칠 묵어갈 건가요?
오늘 저녁은 카레를 해야겠어요

감자 양파 당근은 당근 양파 감자로 순서 없이 넣어도 되고요
비율 같은 건 중요하지 않죠
뒤죽박죽도 그 안에 다 있거든요

섞이며 떠나고 섞이며 만나는
사람들의 일처럼

글쎄요, 잠시 함박꽃이 왔다 갔나 봐요

냄비는 냄비의 마음으로 펄펄 끓고
저녁은 저녁의 마음으로 돌담을 쌓겠죠

너무 많다고요
얼렸다 먹는 재미도 쏠쏠하니까요

넘치지 않도록 저어 주는 일도 쉽지 않아요

냄비 속 그늘은
닦아도 닦아도
그늘로 남아 있고

생각 없이 얼었다 녹은 그것들
노란 가루 뒤집어쓴
당근의 속마음을 누가 알겠어요

봄날 같은, 돈키호테 같은

무슨 뚱딴지같이, 돈키호테가 이파리 다 떨어져 말라죽은 나무 한 그루로 내 앞에 섰다 구멍 난 모자를 쓴 허수아비처럼 녹슨 창을 들고, 거기 서라 이 무식한 것아 소리 지르며 왜 나를 따라왔을까 나는 네가 찾는 악당이 아냐 난 아무 죄도 없어 제발 따라오지 마 도망치다 낭떠러지로 떨어졌다 아악······

자다 말고 왜 그래?

그가 내 다리를 꽉 잡고 물었다 얼마나 버둥거렸는지 뒤꿈치가 아팠다

난 그 앵무새가 맘에 안 들어, 안녕 잘 잤니? 물어도 고개를 끄덕이지도 않고, 먹이를 주어도 쪼아 먹지 않고, 깃털을 쓰다듬거나 문을 열어 놓아도 날아갈 생각도 않고, 종일 새장 안만 뱅뱅 도는 그 새는 사실 우리 집에 없다 들은 얘기다

돈키호테가 살았다는 마을에 갔을 때는 마침 부활절이었다 마을 사람들은 모두 성당으로 가고 마을은 텅 비어 있었다 몇 군데 그의 조각상이 세워져 있었다 상점들은 문이 잠겨 있고 정오의 햇빛은 낡은 수레바퀴를 돌리고 벽에 걸린 나무 시계는, 다른 시간을 가리켰다 이상한 빛이 회오리처럼

지붕들 사이로 흘러갔다 작은 카페 앞 나무 의자에 앉아 있
으니 자꾸 졸음이 왔다

 엄마는 또 굴비를 사 오라고 전화했다 지난번엔 한 번에
먹을 작은 것을 사 오라 하더니 이번엔 큰 것을 사 오라고
한다 그러나 엄마 맘은 내 맘이 아니다 내 맘에 맞는 굴비는
엄마 굴비가 아니다 엄마가 찾는 딱 먹기 좋은 크기의 굴비
는 지금 바다에서 잘 놀고 있는지도 모른다 어제 크기 다르
고 오늘 크기 다른 엄마의 굴비가 내 머리통을 물고 놓지 않
는다

 터덜터덜 벚나무 길을 걸으며 굴비 사러 가는데 느닷없이
낡은 갑옷 입고 나타난 돈키호테, 녹슨 창을 휘두르며 '굴비
와 조기는 구별할 줄 아는가? 멍청한 것아' 소리친다 손차
양하고 올려다보니 허공만 눈부셨다 그가 휘두르는 창날에
산산조각 난 햇빛이 눈을 찔렀다 은빛 비늘이 벚꽃 잎처럼
흩날렸다 난분분한 봄날이었다

낮잠

책을 펼쳐 놓고 포크로 졸음을 찍는다
책상 위에 두 팔이
흐물흐물 소설을 읽는다

어두운 담장을 따라 샐러리 피클들이 달아나고 있다
사냥개 짖는 소리가 나뭇가지에 눈송이처럼 걸려 있다

책 속의 아이는 공을 던지고 허공을 찬다
담장을 차고 구름을 차고 벚나무 잎을 찬다
회오리처럼 떨어지는 공

쨍그렁
어디서 유리 깨지는 소리
졸음의 이마에 혹이 생긴다

같은 편에게 패스해야지
그쪽으로 보냈는데
공이 공 맘대로 굴러갔어

책 속의 아이가 자꾸 엇나간다

구름이 구름을 밀고 간다

찰리와 나

에로틱한 찰리가 물에 빠졌어요
족욕 통에 두 발 담그고 앉아
무릎 위에 펼쳐 놓고 읽던 시집 에로틱한 찰리
발가락 꼼지락꼼지락 마주 비비다, 어머 이런
붙잡을 새도 없이
물속으로 떨어진 가엾은 찰리

나는 뜨거운 물에 빠진 찰리를 얼른 건져
휴지로 수건으로 닦고 또 닦아 주었어요
드라이기로 말릴 때 열 받은 찰리가 부르르 몸 떨었어요
그러나 속속들이 젖은 찰리는 쉽게 마르지 않았어요
한 페이지씩 들춰 후후 불어도 젖은 페이지들은 찢어질 듯
한데 엉켜 있었어요
진한 핑크빛 겉장은 더 진해진 것 같았어요

찰리야, 에로틱한 찰리야, 퉁퉁 불은 찰리야, 걱정 마
내가 너를 어디든 데려갈게

애인처럼 버스나 지하철에서 너를 꺼내 놓고 한 줄 한 줄 잘
읽어 줄게

보시다시피 찰리는 내 친구예요
내가 가는 곳이면 어디든 같이 가죠
때론 잊어버릴 때도 있지만 가끔 눈길 주면서
애써 몇 줄이라도 그를 읽어 보려구요
톡톡 쏘는 말투와 리얼 표정은 없지만
형광펜으로 밑줄도 쳐 주려고요

혹시 내가 찰리가 아닌가 생각하게 될 때까지

*에로틱한 찰리: 여성민 시인의 시집 제목.

밤새 눈이 내리고 있었다

무섭도록 내리고 있었다
해가 보이지 않았다
누군가 지금은 낮이라고 했다

눈은 계속 내리고
어느 집에서
고기 굽는 냄새가 났다

아이들은 잠에서 깨어나지 않고
꿈속은 하얗게 불타고
아파트는 거꾸로 자라고
노인들은 몇 날 며칠 잠들지 못했다

눈을 뒤집어쓴 사람들이 유령처럼 걸어 다녔다
희고 차가운 것들에 싸여 소리들은 모두 잠들고
눈 풍경에 세상은 중독되어 있었다
골목골목 쌓아 놓은 눈덩이가 마을에 가득했고
눈 사이로 까치발을 한 사람들은 여기가 어디냐고
서로 물었다

가지가 찢어진 나무들이 온몸에 붕대를 감고 있었다
개들은 껑충거리며 눈이 가득 찬 비닐봉지를 물어뜯고
배달된 인형들은 눈 덮인 택배 상자를 열고 나오지 못했다

지붕 위에서 나뭇가지 같은 손이
밤새도록 눈 같은 것을
만들어 내고 있었다

까마득한 곳에서 제설차가 오는 듯도 했다

여름밤

날벌레들이 불 속으로 날아들어 가로등 밑에서 날개를 턴다

밤이 짧아서 자주 헛것이 보인다
헛것에 매달려 버둥대는 헛것인
내가 보인다

여름밤은 아직도 환한 낮이어서
죽은 이들의 기침 소리 가깝게 들린다

반대쪽에도 여름이 있어서
만성 두통을 앓고 있는 네가 있어서

여름 꿈속은 길을 잃은 개들이 짖는 소리 사납고
그믐달 속으로 끌려가는 아이들 울음소리 어둡다

여름이 낳은 여름이 무성해서
걷고 있는 사람들 넓적했다 길쭉했다 푸르스름한 얼굴이
된다

산책로에는 어떤 순한 짐승 같은 무리들이 오고 간다

—

검은 그림자들이 벗나무를 둘러싸고 빙빙 도는데
한 불빛이 춤추듯 멀어진다

—

좀 전에 어두웠는데 좀 전이 환해진다

좀 전에 내가 있었는데
여기 없다고 한다
좀 전에 새 한 마리 내 곁에서 울고 있었는데
울음소리 들리지 않는다
좀 전에 은행나무 알맹이들 떨어졌는데
길 위엔 아무것도 없다
좀 전에 네가 왔었는데 보이지 않는다

나는 꼭 할 말이 있어서 다시 왔는데
너는 나를 보지 못한다
좀 전에 내린 커피가 이틀이 지나도 뜨겁디고
나는 조용히 두어 모금 마신다

"어디 갔었어?"

좀 전에 사라진 새가
노란 풍선을 물고 돌아오고
좀 전에 아이가 놀이터에서 날려 보냈다고 한다

좀 전에 새가 좀 전에 풍선을 터트린다

좀 전에 어두웠던 방이 갑자기 밝아진다

"좀 전까지 여긴 깜깜했어"

누군가 내 몸을 묶어 놓았다
삼베 이불의 촉감이 까슬까슬 살결을 스친다

창가의 매미는 안을 들여다보며 울고 있다
마음 놓고 울 곳이 없다고
운다, 더 크게 더 크게

방충망 작은 구멍들이 모여 큰 울음이 된다
좀 전에 여름이었는데 벌써 겨울이라 한다

좀 전에 너는
급히 갈 데가 있다고 이곳을 떠났는데

새 발자국

얼어붙은 호수 위에 왜가리 한 무리 모여 있다
꽥꽥거리며 와글거리며 저희끼리 분주하다
그중 몇 놈이 날자
남은 무리가 일제히 날개를 펴고 날아간다
푸른 하늘에 까만 점들이 구름처럼 흐른다

어디까지 갔다 올 수 있을까
꿈이 깊으면
새처럼 멀리 날아갈 수도 있다는데

새들에게 처음으로 방향을 일리 준 어떤 이가
저들의 조상이 된 건 아닐까

엄마는 젯밥 위에 새 발자국을
숟가락으로 꾹꾹 눌러 찍곤 했다
새가 된 영혼이 왔다 간 발자국……
엄마는 언제나 짐작만 하고, 말하지 않는다

날아왔다 가는 거야
엄마는 그곳 안부를 묻지 않는다

물 냄새에 이끌려
버드나무 뿌리는 서쪽으로 뻗고

거실 붉은 카펫 위
고양이 등에 얹힌 햇빛이 잠시 내 몸을
가로지른다

나는 빨래 걷으러 옥상으로 간다

불현 모래바람 불어오고

사륜구동 지프 타고 모래언덕 올라간다
야호, 신난다 어어어 꼭 붙잡아!
소리 지르다 정상에서 굴러떨어지고 다시 기어오르다 푹
푹 빠진다 아아 저 모래 구덩이는 언제 생겼을까 몇 사람이
나 저 속에 가두고 잡아먹었을까 모래벌판에 발자국들 무
성하고 이랑마다 햇빛 스민다

긴 속눈썹 위로 연기 날리며 물담배 피우고 있는 아랍 남
자, 머리에 흰 터번 두른 그의 물담배를 내가 피우는데, 불
타는 사막의 저녁 너머로 한 무리 낙타 떼가 지나간다 미루
나무의 노란 시간이 신기루처럼 일링인다

한 마리 늑대 같은 이역의 남자를 곁에 두고, 나는
어린 여우처럼 실눈 뜨고 꼬리 살랑거린다
그의 어깨에 머리를 대고 몸이 절로 기울어지는 이 습성은
시들기 전에 툭 떨어지는 능소화의 야릇한 교태인가
노을이 붉다

한 주먹 두 주먹 별들이 솟는 초저녁 하늘
처음 보는 별 하나 푸른빛에 싸여 사막을 건너간다

종일 달궈진 모래의 숨이 열기를 뿜는다
그의 두 팔이 나의 어깨를 감싼다
심장에서 파르르 날개 떠는 새 한 마리
나는 눈을 감는다

푸후후—
그가 내뿜는 물담배 냄새 얼굴에 퍼진다
슬그머니 몰려오는 두려움이 모래알처럼 서걱거린다

샷 추가

샷 추가를 모르면서 샷 추가를 마시는 것은
이스탄불에 가방을 두고 왔기 때문인가

한 모금 마시고 또 마시면서
스물세 시간 잠도 못 자면서

샷 추가를 마시는 것은
소피아 성당과 아랍 궁전이 마주 보고 있기 때문인가

거실을 들여다보며 흘러내리는 빗방울 때문인가
어제저녁 어둠 속으로 사라진 그의 뒷모습 때문인가

화살표를 따라가다 벽에 부딪혀 이마에 혹을 살피는 동안
지하철은 떠난다
놓치고 나면 기다리는 시간은 두 배로 길어지고
눈을 감았다 떠도 혹은 사라지지 않고

그가 저쪽 끝에서 이쪽 끝으로 그림자를 끌고 오는 사이
갑자기 울리는 벨 소리
나를 끌고 지하도로 내려가는데

커피 줄까 사이다 줄까
자판기가 묻는다
동전을 넣자 사이다가 굴러떨어진다
너 혹시 샷 추가 아니?

길가에 옷 보따리를 펴 놓고
내 등에 대고 큰소리로
'오늘 단 하루만 세일'을 외치는 아저씨

저런, 샷 추가 같은

양배추 물김치

돌나물 물김치 담그려다 양배추 물김치로 바꿨어

난 그냥 밥을 갈아 넣고 만들어
찹쌀풀 쑤는 게 귀찮거든
오늘은 밥에 콩도 들었는데 그냥 믹서에 넣고 갈았어
뭐 내 맘대로 하는 거지
요리책에 나오는 레시피는 아냐
그래도 시원하고 맛있어

이 시 읽어 볼까

한번은 바다를 향해 걸어갑니다

다시 돌아오지 못합니다

한번은 바다를 등지고 걸어갑니다

다시 돌아오지 않습니다

누구 시지?

어디서 본 것 같은데

왜 바다로 간 사람들은 돌아오지 않을까요?

아 깜빡했다
사과를 두 개나 넣어서 설탕은 안 넣었어
양파도 큰 거 하나 숭덩숭덩 썰어 넣었지
갈아 놓은 양념과 고춧가루 약간 넣고 버무려서 몇 시간
두었다가
바로 먹어도 맛있어
참 쉽게 하시네요
그냥 내 맘대로지

저 벽에 걸려 있는 사진 속 큰 물고기의 이름이 뭐지?
이빨이 날카로워 꿈에 볼까 무섭네
저 이빨 보고 있으면 밤에 잠이 잘 와요
무서워서 눈을 꼭 감고 있다 깨어 보면 물고기 뱃속이거
든요

자 먹어 봐!

뒤끝이 감칠맛 나네요

그런데
정말 천당과 지옥이 있을까요?
글쎄 잘 모르지만 죽기 직전에 누군가가 데리러 오긴
저승사자든 천사든 조상이든…… 이웃집 누렁이든
크 흐 흐 흐 ㅎㅎ

*한번은 바다를 향해 걸어갑니다 ~ 다시 돌아오지 않습니다: 유진목 시집
『식물원』 중 「40.」에서 빌려 옴.

나는 묻는다

모스크의 푸른 타일들이 햇빛 받아 번뜩인다
그 안에 누운 시신들
그들의 얼굴은 모두 서쪽을 향하고 있다고 한다
그들이 반듯하게 누워 바라보는 서쪽에
그들의 영혼이 산다

바람 한 점 없다
무덤 속에서 누군가 벌떡 일어나 물을 것 같다
이 무거운 가방을 들고 왜 여기까지 왔는가?
구백 년 전에 자신의 짐을 벗어 던진
그는 맨발이었을까

나는 묻는다
이 캄캄한 몸의 어둠이 밝아지려면 어디를 바라보아야 하
는가

한때 왕국이었던
모스크의 뾰족탑을 지나는 태양이
잠시 심장을 말리고 갔을지도 모를

한 바퀴 두 바퀴 세 바퀴……
나는 그의 무덤을 돌며 무슨 소원 같은 걸 빈다
오래전에 벽돌무덤을 떠났을 그는 끝없이 사막을
떠돌고 있을지 모르는데
높은 가지를 떠난 새들이 서쪽으로 몰려간다

여기서 천만 길 더 내려가면 사막의 끝에 닿을 수 있을까
한낮 뜨거운 모래 속에서
미라의 마른 손을 잡을 수 있을까
그 입술 사이에서 무슨 주문이라도 흘러나오길 기다리며
나는 모래 구덩이처럼 깊고 텅 빈 그의 눈을 상상한다

둥그스름한 사막 위로 별들이 흘러간다
모래의 잎사귀들이 바람에 흩어진다

검은 상자

어느 날 상자 속에서 상자가 걸어 나오는 걸
본 적 있다
상자가 상자를 잡아먹고 상자 속으로 들어간 걸
본 적 있다

멀쩡하게 입던 옷 자르고
잘라, 보자기를 만들고
입구 없는 자루를 만들고

그 안에 무엇을 넣을 것인지 생각도 없이

손을 집어넣으면 순식간에 손이 사라지고
물갈퀴 달린 오리발이 나오듯

그런 징그러운 발을
누구나 갖고 있다는데

그런데 그 상자를 누가 줬지?
글쎄, 어젯밤 꿈에 본 날개 부러진 까마귀한테 받았나
밤길 걸을 때 누가 뒤집어씌웠나

골목 끝에서
귀가 담벼락에 비밀을 털어놓는다

그러게 밤중에 혼자 중얼거리며 돌아다니지 마
검은 상자 귀신이
후룩 보쌈이라도 할지 모르니까

제3부

모든 빗방울의 이름을 알았다

그때

왜 기차가 나로부터 멀어졌는지 내가 왜 기차로부터 멀어 졌는지 알 수 없었다 신발 바닥에 본드 같은 것이 달라붙어 발목을 잡았다 어디로든 가야 하는데 어디로도 갈 수 없었다

소나기가 쏟아지고 산그림자가 사라졌다 종이 가방이 찢 어졌다 길이 물에 잠겼다 점점 굵어지는 빗방울 소리, 어떤 노래의 후렴 같았다

빗방울들의 이름을 불러 본다 밤새 책장을 넘기는 빗방울 피아노 치는 빗방울 돌멩이 위로 튀어 오르는 빗방울 커피 잔에 떨어지는 빗방울

몸이 젖기 시작했다 난간 위에 굴뚝새는 날개가 젖어도 날아가지 않았다 철로 변에 피어 있는 붉은 칸나꽃은 온몸 이 표정이었다 눈빛이었다

문득, 사라진 모든 초록에 대해 말하고 싶었다
주변에 아무도 없었다
누가 나를 여기 내려놓고 갔을까

저녁의 입이 무겁다 안개에 싸인 산꼭대기가 보였다 사라
졌다 다리 위를 건너가는 기차의 꼬리가 짧아지고 커다란
눈망울 굴리며 어떤 짐승이 어둠 속으로 들어갔다

거기 서서
돌아오지 않는 한 빗방울의 이름을 생각했다

*모든 빗방울의 이름을 알았다: 데니스 존슨의 『히치하이킹 도중 자동차
사고』에서 빌려 옴.

굴절

우산을 거꾸로 들면 빗물은 어디로 흘러가나요

집 나온 아이가 폐차장 벽에 낙서를 하고 있어요

밤새 깨진 어항 속을 날아다니던
저 물고기는 젖지 않는 날개를 가진 새인가요

코끼리를 냉장고에 어떻게 넣을 수 있을까요
무조건 코끼리를 냉장고에 넣으려는 사람과
냉장고 크기를 걱정하는 사람과
냉장고 앞에 서서 종일 냉장고를 노려보는 사람과

여름에서 여름까지 달리는 사람과
사과나무의 영혼과 이야기하는 사람과

떨어진 머리카락을 주우며
징그럽고 기다랗고 무서운 그것
어젯밤 꿈속에서 길을 막고 있던 그 뱀이
또 나타났다고

그 뱀을 밟지 말았어야 했는데……
엄마는 자꾸 아들 낳다 죽은 이모 얘기를 했어요
장독 옆 개복숭나무는 아직도 잘 자라고 있다고

이파리마다 햇빛의 눈동자 하얗게 흔들리는데
방 안에서 수십 년 캄캄절벽을 그리던 사람은
어디로 갔냐고

어둠에 익숙해서

거미의 손을 잡았다
더 익숙해서 거미에게 물렸다
꺼멓게 멍든 손을 흔들어 보았다

당신은
늘 거기쯤 있을 거라고 거기에 손을 넣어 보았다
주먹을 꽉 쥐었다 풀었다

가벼운 손짓 가벼운 웃음
먼지처럼 솟아올랐다
가라앉았다

공터는 멀고
계단은 익숙해서
새들에게 안부를 물었다
매일 꾸는 꿈속에
거미는 없었다

악몽은
봄날에도 있었고

포옹 중에도 있었고
낮잠 속에도 있었다

맨드라미 꽃대가 길어지는 저녁
느닷없이 거미줄에 휘감기는 날이 있었다

사막 연등

김만수
그의 이름을 써넣은 연등은
저렇게 공중을 떠돌다
어디에 떨어졌을 것 같니?

골짜기?
사막?
아직도 어떤 나뭇가지에 걸려 디룽거릴지도

그때 우리 소원 하나씩 적어 넣었고
지폐도 몇 장 넣었지

사막엔 지폐를 모르는
소원이 뭔지도 모르는
모래 무덤이 있을 텐데

가끔 사막여우나 모래고양이가 빠르게 지나가기도 하고
모르지, 죽은 낙타 뱃속에서 지폐 같은 것이 나올지도

낙타들은 사막 너머 어디를 보며 걸을까

어떤 뼈는 바람에 쓸리고
어떤 뼈는 바짝 말라 뒹굴고
또 어떤 뼈는 모래에 반쯤 묻혀 있고

왜 죽은 이는 강을 건널 때 제집을 잊어버릴까

모래바람을 읽는 일이
꿈 밖에 일인지
꿈속에 일인지
손가락 하늘로 세우고 서쪽을 가리키는 일인지

까마귀 떼 날아오르고

그는 담장이 없는 해바라기 빌라에 세 들어 살았다 몇 년
동안 방세가 밀려 밀밭에서 노숙했다 밀이 시퍼렇게 자랐
을 때 밀밭은 쓰러져 누워 꿈꾸기 좋았다 추위가 몰려오고
밀밭이 허허벌판이 되었을 때 방아쇠를 당기기 좋았다

가난은 가까이에 있고 사랑은 멀리 있었다

손가락을 깨물고 질긴 빵을 씹었다 독한 술 한 잔이 "너를
마시고 싶어 너를 마시고 싶어" 속삭이며 귓속을 맴돌았다
묘지로 가는 언덕길이 삐걱대며 침대 모서리까지 따라왔다

캄캄한 밤이 덜컥이는 창문이 사나운 바람이 그를 돌렸다
술병이 흔들렸다 벽이 흔들렸다 천장이 흔들렸다
와그르르 별들이 쏟아졌다

사이프러스 나무가 불타올랐다 들판에서 개 짖는 소리 마
차 달리는 소리 어지러웠다 짙은 안개 속으로 까마귀 떼가
날아올랐다

강물 위에 죽은 별들이 노랗게 흘러갔다

시든 해바라기들 검게 흔들렸다
햇빛이 흐린 보라색으로 부서졌다

장마 1

누가 내 얘기를 했을까

아침부터 귀가 가려워
콧등에 침을 바르고 귓밥을 팠다

새벽꿈에 그녀가 보였다
남편이 아프다고 한 적이 있었다

찬물을 마시다 기침을 했다
블라우스 앞자락이 젖어 잠깐 햇빛에 서 있었다

오늘은 관음재일이라
오랜만에 절에 다녀왔다

까마귀가 날아가는 쪽을 돌아서 왔다

장미 꽃잎 밟힌 자리에 개미 한 마리 죽어 있었다

한때 나는

거울이 없어 내 얼굴을 보지 못했다
그를 만났을 때 비로소 내 얼굴이 조금씩 보였다
같이 걸어가면 두 사람의 얼굴이 겹쳐졌다
저만큼 가다 돌아보니 그가 보이지 않았다
혼자 서 있는 나를, 나만 모르고 있었다

가로수처럼 멀뚱히 서서
그를 기다리다가

더는 걸어갈 수 없을 때까지 걸어갔다
무서운 생각이 긴 팔을 흔들며 끝까지 따라와서
나는 그 자리에 서 있었다
언덕을 넘어가던 해가 보이지 않았다

사방이 어두워지고

얼굴에 쳐진 거미줄이 보이기 시작했다
떼어 낼수록 끈적끈적 달라붙었다

눈 감고 입 닫고

내가 내 뺨을 때리는 동안

거미가 사라지고 거미집도 없어졌다

거미줄이 사라진 내 얼굴을 데리고
돌아올 때
그는 거기 없었다

지나가는 비

—   금방 구운 빵에 버터를 바르면
       금방 스며들어
       방금 떠난 그와 닮아서
       천천히 바른다

       향기가 남아 있으면 좋겠다
       그렇다
       그뿐이다
       아무도 없는데

       여기 있는 거울이 왜 저쪽에도 있을까
       아무 일도 일어나지 않았는데
       무슨 일이 일어난 것 같은데

       언제 비가 지나갔나

       몇 방울은 환풍기 홈통에 매달려 있고
       몇 방울은 자두나무 어깨에 매달려 있다

—   옆구리가 접질려

악 소리를 내다 주저앉았다

막, 모퉁이를 지나가는 누가 있다

착각

　

창백한 불빛이 좋아
오늘은 초코우유 내일은 딸기우유 원 플러스 원
편의점 창가 자리가 비어 있다

누구를 불러낼까

함부로 던진 손짓을 따라오면 가짜라는데
장미꽃을 버리고 따라오는 너는
진짜 가짜인지도 모르고

이월 마지막 날인가
28일 같기도 29일 같기도
하루는 어두운 낮이고 하루는 환한 밤이다

그동안 어디 있었니?

물속 나무처럼 검게 출렁이다
한 보름 보였다 안 보였다
불쑥 나타나 팔짱 끼는 애인처럼

　

그때 공원 의자에 두고 왔었나 너를
그냥 지나쳐 오다 다시 갔었나

창백한 불빛을 따라 걸으면
오늘은 원피스? 내일은 슬리퍼?
어울리지 않는 건 아니지만
썩 잘 어울리는 것도 아니지

다음에 또 만나

밤이 열려 있다

꿈속으로 죽은 새가 떨어진다 멀리 바다가 보인다 나무와 나무 사이 해가 걸려 있다 다리가 긴 원시동물 같은 것들이 눈밭 위로 뛰어다닌다 또 죽은 새가 떨어진다

별 하나가 햇빛 가운데서 빛난다 방금 결혼한 여자가 아이를 업고 달린다 아이가 등에서 미끄러진다 아이가 소실점 밖으로 사라진다 피뢰침 위에서 깃발이 펄럭인다 아이를 찾던 여자가 진흙밭에 빠진다 두 개의 달이 설산 위에 떠 있다 해가 달 하나를 가린다 사자가 고라니를 잡아먹는다 밤의 소리들이 늪 속에서 허우적거린다

아이가 손을 흔든다 바닷속에서 검은 무지개가 솟아오른다 아이가 달의 그림자 속으로 들어간다 티비 화면이 환해지다 어두워진다 여자의 몸속에서 나비가 태어난다 들판 가득 나비가 날아간다 아이가 잠자리채로 나비를 잡는다 포충망을 빠져나온 나비가 내 머릿속으로 들어와 파닥거린다 지지직 티비 화면이 계속 켜 있다

까만 드레스를 입고 걸어가던 여자의 다리가 거미줄에 걸린다 나비들이 옷 위로 하얗게 달라붙는다 그녀가 풀밭 위에

쓰러진다 칼로 나무껍질을 벗기던 아이가 거미줄을 잘라
낸다 붉은 별이 가까이 온다 아이와 충돌한다 풀밭이 온통
붉다

강물의 문제

나는 거기 간 적 없다는데
너는 왜 거기서 나를 보았다고 하니

이쪽에서 그쪽을 바라보면
너는 강 왼쪽에 있고
그쪽에서 이쪽을 바라보면 나는
물 오른쪽에 있는데
네가 바라보는 이쪽을 귀여리라 하고
내가 바라보는 그쪽을 수청리라 하는데

거기 느티나무 두 그루 강물을 지키고 있는데
수백 년 묵은 그 나무들
새끼줄 친친 감고 산을 오르는 선소리꾼 닮았는데

'어머, 여기 처음 보는 자주색 아카시아가 피었네'

너는 못 들은 척
"왜 거길 혼자 갔어?" 또 물어보는데

그만 가자, 물안개 공원을 돌아 물안개 공원으로

산딸나무 층층나무 아카시아 찔레 이팝나무
여름꽃들이 하얗게 피었다 진다

지난번 여기 왔을 때
네가 쓰고 있던 내 체크무늬 모자가 날려 간 곳이 어디쯤
이었지?
모자는 흔적도 없고 개 두 마리 흘레붙고 있네

그날 이후 너는 나를 못 본 척하며 다른 곳에서
나를 보았다 하고
이상하게 나도 그런 일은 없었던 것 같고

새

엉터리 마술사의 까만 모자 속에서
새가 나오고 사과가 나오고 꽃이 나오지요 그러나

나의 모자 속은 언제나 텅 비어 있죠
나는 오늘도 텅 빈 모자 속을 보여 주고 빈 손바닥을 털어
보이죠

비어 있는 모자 속에서 날아가는 새를 본 적 있나요
당신은 그걸 믿나요 믿었나요 믿을 건가요

나는 마을을 떠도는 그를 따라 어린 날로 가요
해가 져도 집에 돌아가지 않는 나에게
그는 죽은 새 한 마리를 줘요

나는 새의 차가운 심장을 꺼내고
날아가라고
훨훨 날아 멀리 가라고
지붕 위에서 하늘로 던져 올려요
그래도 새는 자꾸 떨어져요

햇빛 쏟아져 눈이 부신데 새는 왜 날지 못할까요
혹 나의 새가 우는 걸 보았나요 날아가는 걸 보았나요
날다가 어디에 떨어졌는지 알고 있나요
여름 별들은 여름에 살고 북극성은 먼데

오늘도 나는 끊임없이 모자 속에서 죽은 새를 꺼내 날리죠
그때 사람들은 모두 잠들고

잠 속에서도 새는 날아가고

홍천 홍천

1.

개울에 올챙이가 바글바글해요
가을에도 올챙이가 있나요?

지금은 가을 아니고
늦봄이고 초여름이고요
가을엔 늙은 개구리가 있지요
....

새벽 5시 10분 차 예약
두 시간 정도 걸린대요

우리 집 고양이는 강 건너로 애인 만나러 가고요
네네, 하룻밤 자고 와도 되고요

2.

생각보다 20분 빨리 도착이네요
이 꽃은 목단 같아요

그래서 목단작약이라 불러요

우리 다슬기 잡을까요
얕은 물속이 깊어 보이네요
햇빛 가득 냇물이 흔들려요

물은 돌멩이를 타고 흘러가고
물속 버드나무와 단풍나무 사이에서
새털구름이 길을 내고 있네요

긴 하루 짧은 하루

저기 문지방 넘어 한 저녁이

저녁 거미는 근심이라는데
징그럽다고 훅 불어 버리지 말고
며칠 놔두고 볼 일이다

아슬아슬 창틀 타고 내려
기어이 방으로 들어와서
천장 구석에 거미줄 치더라도
며칠 놔두고 볼 일이다

사는 일 걱정되어
어느 조상신이 다니러 온 것이니
그냥 훌훌 털어 낼 일 아니다

저 가는 줄 타고
집 안 한 바퀴 빙빙 돌아
왔던 길 다시 가실 것이니
며칠 놔두고 볼 일이다

궂은날 건너
햇볕 좋은 날

흰 종이에 애틋한 이름 하나 써서 날려 줄 일이다
그건 그리 어려운 일 아니니

문

누가 초인종을 누른다
인터폰에 아무도 보이지 않는다
현관문을 열었다 닫는다

가스불에 올려놓은 주전자에서 보리차가 끓어넘친다
가스불은 꺼지고 나는 거기, 도착하지 못한다

누구세요?
잘못 들은 건가
발자국 소리 없다

방금 누가 옆에 있었나
그만두자, 그만 살자
언제부터 저 소리와 함께 살았을까
식탁 유리에 실금이 그어져 있다

선풍기가 꺼져 있는데 바람 소리가 난다
문을 닫았는데 문소리가 난다
바닥이 울려서 천장이 울려서 집이 울려서
낮잠 속을 빠져나온다

며칠 굶은 막대기 같은 여자
방문 앞에 서 있다

제4부

바퀴벌레

노트북이 켜 있다
우울감이 길게 간다
열지 않은 택배 물건들이 쌓여
발끝에 걸린다

아침은 꼭 챙겨 먹어야 하나
몸에 좋다는 표고버섯이 냄비 가장자리로 밀려난다

정리되지 않은 책상 마우스를 흔든다 읽다 둔 소설을 뒤적
이다 다음 시집 제목은 무엇으로 할까 몇 줄 쓰다 만 노트를
두고 또 노트를 샀다 쓰다 만 것이라도 곁에 있어 다행이다

화장실 문틈으로 새끼 바퀴벌레 한 마리 기어간다 놈은
싱크대 밑으로 베란다로 숨어 다닌다 쓰다 만 시는 자꾸 관
념 쪽으로 숨는다 저걸 잡아야 한다 파리채를 들고 탁! 치
는 순간 세탁기 밑으로 들어갔다 그렇다고 당장 세탁기를
옮길 수는 없다 대롱 달린 컴배트를 구석구석 뿌린다 스스
로 기어 나오거나 구석 어디서 영원히 잠들거나…… 탁! 떠
오르지 않는 시는 어디까지 기어갔을까 슬리퍼 한 짝이 냉
장고 밑으로 들어갔다

창밖에선 경비들이 가지치기하느라 바쁘다 가지치기 끝
나면 나무의 몸통이 보일 것이다 옹이구멍도 보일 것이다
햇빛과 바람과 단어들이 자유로이 드나들 것이다 이파리들
의 머리칼이 초록초록 흔들릴 것이다

앗! 이건 무슨 타는 냄새?
설마 바퀴벌레가 가스불에 자살이라도?
감자가 타고 있다 가스불은 조용하다
길게 내민 불의 혓바닥이 시퍼렇다

시는 어디서 기어 나올까?

권태

일곱 가지 색종이로 일주일의 사람을 접는다
월요일은 보라 화요일은 파란 수요일은 노란 사람들이 식
탁에 둘러앉는다

토요일엔 빨간 사람의 다리를 잘라 신발장에 넣어 두고
일요일엔 잘린 다리를 제자리에 끼워 맞춘다
목요일엔 없는 사람

서로 다른 색을 계속 섞으면
까마귀 날개 같은 색이 된다
슬픔의 비밀색은 어떤 색일까

예수에겐 열두 제자가 있었다 하고
십삼 일에 금요일엔 몽달귀신이 나를 잡으러 올지도 모르
는데
극장에서 만난 애인은 극장에서 헤어졌다

오후에는 오전이 없는 하루를 살아야 한다
침묵이 계단에 앉아 기도하는 동안 나는 골목을 돌아다녔다

왜 헤어졌어, 왜 그랬어?

질문이 깊으면 발바닥이 따가웠다

가지런한 일주일과 뒤죽박죽 일요일이
낡은 소파에서 종일 뒹굴었다

계란 없이 계란밥을 해 먹었다

보라 감정

　보라를 벗어나면 내가 있다 보라가 잘 아는 나다 잘 모르는 나다 보라는 내 곁에 있기도 멀리 있기도 하다 보라에게 아침은 먹었냐고 물으면 저녁을 먹었다고 대답한다 내가 외박을 할 때면 보라는 내 이불을 덮고 잔다 저리 가, 소리치면 이불 속에 숨어 킥킥 웃는다 포도잼은 싫다고 딸기잼을 달라고 한다 빵의 반쪽은 포도잼 반쪽은 딸기잼을 발라 주면 작은 손가락을 펴고 손뼉을 친다 내가 없을 때 서랍을 뒤지고 머리에 리본을 꽂고 겨울옷을 꺼내 입고 거울 앞에서 내 행세를 한다 잠이 오지 않는다고 책을 펴 놓고 불을 껐다 켰다 엎드려서 별을 센다 껴안고 뒹굴던 피노키오 인형의 부러진 다리를 던진다 내 이마에 상처를 낸다 다신 오지 마, 보라를 내쫓고 문을 닫고 흐느낀다 내 눈물 뒤쪽에 사는 나의 보라는 내 신발을 신고 보라의 저녁으로 간다 따라오지 말라고 손을 흔들며

그때 너는 열쇠를 잃어버렸고

—

집 앞에 도착해서 생각났을 것이다
어제부터 오는 눈은 계속 오고 있었을 것이다
불안은 네 주변을 밤새 서성거리고 눈은 계속 내릴 것이다
놀이터의 아이들은 밤늦게까지 놀고
나무 그림자 같은 것이 눈발 사이로 희미하게 보일 것이다

너는 열쇠를 찾으러 어디론가 가야 할 것이다
눈은 계속 내리고 돌아가지 않는 아이들은 미래의 아이들
인가
밤이 이렇게 깊은데 누가 저 아이들을 찾으러 올 것인가
생각하는 사이

엘리베이터가 18층까지 몇 번 올라갔다 내려올 것이다
며칠 전에 배달된 택배 위에 무거운 침묵이 쌓여 있고
너는 현관문 앞에 빈 상자처럼 쭈그리고 앉아 있을 것이다
불빛 없는 집 안은 비어 있는데 컹컹 소리를 내며
흰 개가 뛰어다닐 것이다

조심했어야지

—

열쇠는 눈 속 어딘가 파묻히고 깊은 잠에 들 것인데
너의 잠은 토막토막 쪼개져 눈밭에 던져질 것이다
하얗게 바랠 것이다
늦도록 놀던 아이들은 두 손에 잠 하나씩 들고 돌아갈 것
이다

너무 오래 놀았구나

눈사람이 된 아이들은 눈이 다 녹을 때까지
꿈꿀 것이다, 흥건하게

불면의 안과 밖

한 마리 두 마리 세 마리……
이곳은 가로등이 새 모형이야

어두워지면
꼬리와 머리에 환하게 불이 들어와 골목을 밝혀
그러면 새의 몸속도 따듯하겠지

불 꺼지고 그 속 차갑게 식으면
저 새들 날아갈까 봐
저렇게 일렬로 서서 밤새 눈 뜨고 있어

나는
자정을 지나
자정을 지나

창에 새벽이 뿌옇게 묻어올 때
날아가는 잠을 잡으러
까만 그림자를 따라가다 보았어
날개 없는 새들이
초승달을 물고 날아가는 것을

산등성이 너머 동이 트는데
돌아누우니
팔이 너무 아팠어

누가 밤에
내 왼팔을 베고 있었나 봐

장마 2

시선이 기울어지는 쪽에 그가 있었다
먼저 가라고 했는데

기다리는 일은 오래된 습관
손가락을 빨 때부터 시작된 일이라고

가끔 그의 안부를 건너뛰었다
다리를 저는 일은 언제부터였는지

종일 매미 한 마리 울지 않았다

장마 끝나면
햇빛 볼 일 많다고
그는 자전거를 타고 골목으로 사라졌다

꺾인 골목
오래 바라보지 못했다

운동장을 돌았다
짧은 한 바퀴

긴 한 바퀴, 짧은……

해가 지고 있었다

그림자 하나 없는 오늘
거기까지만
생각하기로

소금밭을 지나가고 있었다

눈이 따가웠다
이가 아팠지만 참았다
입안에 짠물이 고였다

누가 소금기 밴 신발을 벗어 던졌나
심장 같은 거무스름한 걸 꺼내 말렸나
낡은 수차가 돌다 멈추곤 했다
햇빛이 소금 알갱이를 물고 반짝거렸다

멀리서 더 멀리서

소금 온다, 소금이 온다
바닷물을 퍼 나르던 그들은 보이지 않았다

다리 위를 달리는 차들이 장난감처럼 보였다
저 다리는 언제부터 저기 놓여 있던 것일까
다리를 건넌 사람들은
북이나 서
어디로든 갔을 테지만

하남은 여기서 얼마나 먼가
떠날 때 미리 말하지 않은 일 한두 번인가

서로 스며 잘 절여질 것이다
노지 배추도 숨 죽고 나면 차분해질 것이다

한 바퀴 돌고 다시 보니
그 염전 그 자리에 없었다

회전하는 문

그 여자의 꿈속이다

여자가 드라이기로 머리를 말릴 때 그가 떠났다 더운 바람이 냉기를 몰고 온다 거울 속에선 끝까지 따라간 적 없다 벽난로에 장작이 타는 동안 몸에 열꽃이 핀다 밖엔 눈이 내리고

여자가 거울을 보고 있다 거울 속 그의 얼굴이 일그러진다 여자는 손바닥으로 거울을 가린다 새벽 세 시 고장 난 시계가 맞는 시간, 여자는 두 손으로 머리카락을 모으고 그의 이름을 쓸어 낸다

동짓날 정오, 태양이 가장 낮게 뜬다 천장의 얼룩무늬가 돈다 종일 열이 오르고 밤이 더 길어진다 이런 밤 외로움의 고도는 높고 슬픔의 습도는 더 높다

새장에선 앵무새가 울고 벽에는 코뿔소와 원숭이와 얼룩말이 그려져 있다 등뼈와 눈과 꼬리만 있다 가장 짧은 해는 가장 긴 밤을 낳는다 문 뒤에 문이 있고 문구멍으로 또 다른 구멍을 보는 누가 있다 마주 보는 문은 마주 보는 이별이다

지도는 길을 찾는 게 아니라 길을 잃은 곳을 표시해 두는
걸까 불빛은 얼어 있고 바닥이 펄펄 끓는다 불빛과 불빛이
만나면 왜 어둠이 될까 여자가 계단에 앉아 사과를 먹는다
그의 그림자가 끝나는 곳에서 계단이 끝난다

어른들이 서커스를 왜 보는지 아니? 어른 속에 아이가 있
기 때문이지 아이 속에 어른이 자라 아이로 돌아오기도 하
거든 고장 난 시계를 맞춰 놓고 떠난 아이들이 어른이 되어,
그 시계를 찾으러 서커스장을 맴돌지

펑 펑 펑
폭죽 소리 들린다

파타고니아, 파타고니야

—

머리를 묶고 내 앞에서 걷는 남자, patagonia
글씨가 쓰인 티셔츠를 입고 마스크를 쓰고 구름다리를 올
라간다

patagonia
그곳엔 고니가 살고 있을까 혹은 재두루미가 살고 있을까
아니면 고니 비슷한 거라도 살고 있을까

언제부터 가 보고 싶었던 patagonia 고니아 고니아
고니야 파타고니야
검은 호수가 있고 설산이 있다는
호수 주변에 수백 년 자란 나무와 이름 모를 야생화가 지
천이라는

파타고니아
종종종 그를 따라 걷다가 이디야에 들려 커피 두 잔 들고
나왔는데

그 잠깐…… 보이지 않는

—

그는 어디쯤 가고 있을까

오후 두 시에 햇빛과 바람을 따라 걷다가 어느 나무 의자
에 앉아 있을까 푸른 호수 속 검은 모래들을 들여다보고 있
을까

파타고니아

타닥타닥 구두 끝으로 보도블록을 치는 파타고니아
뜨거운 커피가 다 식어 가는 파타고니아
부리 긴 철새들이 날아갔을 파타고니아
낮에 붉있던 장미가 검게 피어 있을 파타고니아

발밑으로 어둠이 몰려드는데 그가 구름다리를 건너 다시
돌아올지 모를 일이어서 나는 구린내 나는 늙은 은행나무
밑에서 좀 더 기다리기로 한다 식은 커피를 들고

편지
―허난설헌 묘소에서

　몇 해 전인가 앞쪽으로 고속도로가 뚫리더니 나는 누군가
에 의해 옮겨졌지요 산을 하나 건너온 것도 개울을 건너온
것도 아니지만 어릴 때 살던 초당마을과는 많이 달라요 이
파리 사이로 팔 차선 도로가 보이고 자동차 소리 끊이지 않
지요 그래도 주목과 향나무가 가까이 있고요 이따금 이름
모를 새도 날아와 울다 가지요 잔디밭 무덤가엔 햇빛 한가
롭고요 두런두런 사람 소리도 들리고요 '허초희 난설헌 허
균의 누이……' 누가 내 이름을 부르기도 하지요 오늘은 내
가 첫아이 낳았을 때쯤 된 젊은 여자 둘이 까르르 웃으며 지
나갔어요

　무덤 속은 축축하고 캄캄하지만 누워 있기에 불편한 건
없어요 내 아이들이 가까이 있어 이 긴긴 봄날엔 따듯하게
젖이 도는 것 같기도 하고요 들어오는 문이 없으니 나가는
문도 없는 이곳은 별빛도 달빛도 내 몸 밖에서 흐르고요 계
단으로 이어진 저 위쪽에 남편도 그 여인도 있지만 무슨 상
관인가요 누구든 나의 시를 읽고 잠시 쉬었다 가면 그만이
지요 바람과 구름이 무덤 위에서 쉬었다 가듯

　언덕 너머로 또 해가 지고 새들도 집으로 가는 시간이네요

여긴 밤이 길어도 낮이 짧아도 걱정 없어요 천 년도 백 년도
하루지요 혹 소나무와 갈참나무 사이 도깨비불 같은 것이 번
쩍이거든 눈을 감고 들어 보세요 먼 먼 울음소리 같은 것을

아마 화요일이었을 거야

언제 바뀌었을까
오십 킬로 도로를 육십 킬로로 달렸지
신나게 달려 보지도 못하고 칠만 원 딱지를 떼었어

우리 목련나무 아래서 아이스크림을 먹었나, 그때
웃다가 손 흔들고 돌아섰나
오후의 먹구름은 어디쯤 흘러갔을까
아마 목련꽃은 다 졌을 거야

못 보고 지나친 표지판처럼
기다릴 사람 없는 그런 사람처럼, 우두커니
해마다 목련나무는 꽃이 피고
우리 다음엔 어디 가서 살까 혼잣말을 하고

새들은 날개를 버리고 공중을 날고
화요일은 반짝반짝 냄비를 닦던 어느 하루였을 거야

아이스크림을 같이 먹던 사람은
잠깐 눈 감은 사이
여름 언덕으로 사라지고

바람은 육십 킬로 표지판을 세게 흔들고
떨어진 꽃잎은 시꺼먼 발자국이 되고
질척질척 흙길이 되고

여기 온 적 없는데

액자 속엔 사철 붉은 꽃이 피어 있다

깨진 거울 닫고 나가는 고양이가 보인다

오백 년 느티나무 속 울고 있는 아이를 찾는다

문소리에 놀란 낮잠을 뒤집어쓰고

왼쪽 골목에서 튀어나온 거인의 그림자와 마주치는
순간
내가 누군지 기억나지 않고

어제는 여름이었는데 오늘은 겨울이고
갑자기 한파가 오고 네가 떠나고
슬픔의 주둥이는 뭉툭하고 뾰족하고 건드리면 툭 터지고
거리는 환하고 집 안엔
아무도 없고

공원엔 사람이 많아서 좋다
낯선 길을 걷고 또 걸으면

익숙한 길에서 멀리 달아날 수 있을까

어둡고 밝은 것이 헷갈려서
햇빛 눈부셔 숨을 곳이 없어서
문제는 늘 터지기 직전의 비닐봉지 같아서

흐린 날

볼 건 없어요
여기선 바다도 잘 안 보이구요
다른 데 가 볼까요
아뇨
안 보여서 더 좋아요
여기까지 왔으니 그냥 가 보죠
바다가 바다로 보이지 않아서 좋네요

물 빠진 바다
갯벌이라고 하나요 개펄이라고 하나요
우리 질척거리지 않기예요
바다가 바다로 보이는 곳까지 걸을까요
경인고속도로를 타고 바다가 멀리 나갔네요
이 바다가 끝나는 곳은 어딜까요

저쪽 다리 아래 둘레길이 있네요
바랜 듯 피어 있는
저 꽃도 백일홍이라고 하나요

우리 꽤 많이 걸었죠

카페를 찾아볼까요
둘러봐도 카페가 안 보이네요
끝까지 더 가 볼까요
이 바다가 끝나는 곳은 어딜까요

저어기……
물이 들어오고 있네요
바다가 바다로 돌아오고 있는 거죠

겹쳐진 상자 위에서 쓴 시

송현지(문학평론가)

1.

오늘이 어제와 다르지 않다고 느껴지는 나날이 계속되면 점점 다음 날이 기대되지 않는다. 상자를 열면 또 다른 상자가 나오고, 그것을 열면 다시 다음 상자가 나오는 지루한 연쇄를 떠올려 보자. 살아가는 일이란 그렇게 끝없이 다음 상자를 열다 결국 우리를 삼켜 먹을 "검은 상자" 앞에 다다르는 일처럼 여겨지지 않는가(「검은 상자」). 그러나 어느 누구도 처음부터 내일이 기다려지지 않았던 것은 아닐 것이다. 우리의 삶이 무수히 많은 상자들을 차례로 여는 일이라는 것을, 아니 우리가 그러한 상자 안에 있다는 것조차 모르던 시절이 우리에게는 있었고, 그 시절에 대해 최동은은 다음과 같이 적는다.

집 앞에 도착해서 생각났을 것이다
어제부터 오는 눈은 계속 오고 있었을 것이다

불안은 네 주변을 밤새 서성거리고 눈은 계속 내릴 것이다
놀이터의 아이들은 밤늦게까지 놀고
나무 그림자 같은 것이 눈발 사이로 희미하게 보일 것이다

너는 열쇠를 찾으러 어디론가 가야 할 것이다
눈은 계속 내리고 돌아가지 않는 아이들은 미래의 아이들인가
밤이 이렇게 깊은데 누가 저 아이들을 찾으러 올 것인가
생각하는 사이

엘리베이터가 18층까지 몇 번 올라갔다 내려올 것이다
며칠 전에 배달된 택배 위에 무거운 침묵이 쌓여 있고
너는 현관문 앞에 빈 상자처럼 쭈그리고 앉아 있을 것이다
불빛 없는 집 안은 비어 있는데 컹컹 소리를 내며
흰 개가 뛰어다닐 것이다

조심했어야지

열쇠는 눈 속 어딘가 파묻히고 깊은 잠에 들 것인데
너의 잠은 토막토막 쪼개져 눈밭에 던져질 것이다
하얗게 바랠 것이다
늦도록 놀던 아이들은 두 손에 잠 하나씩 들고 돌아갈 것이다

너무 오래 놀았구나

눈사람이 된 아이들은 눈이 다 녹을 때까지

꿈꿀 것이다, 흥건하게

　　　　　　　—「그때 너는 열쇠를 잃어버렸고」 전문

　내리는 눈 속에서 밤늦게까지 노는 이 시 속 아이들처럼 온전히 당장의 시간에만 집중하며 눈 내리는 놀이터가 세계의 전부인 것처럼 여겨지던 시절에 대해 말이다. 이곳에서 아이들이 생각하는 것은 오로지 지금 이 눈을 가지고 어떻게 놀 것인지의 문제일 뿐 그 너머에 있는 것은 그들의 관심 밖이다. 설령 그들을 데리러 온 누군가에 의해 집으로 돌아가게 되더라도 그들에게 집은 놀이터 바깥의 세계가 아니다. 이미 눈과 한 몸이 된 그들은("눈사람이 된 아이들은") "눈이 다 녹을 때까지" 꿈을 꾸고, 그 꿈은 눈이 모두 녹아 흥건해지기 전까지 계속된다.

　그런데 이 시에서 시인은 눈 속에 머물고 있는 아이들의 세계를 '나'의 시선을 통해 다룸으로써 그들의 바깥에 서 있는 '나'의 위치를 시종 강조한다. "눈 속 어딘가 파묻"힌 채 "깊은 잠"에 들고 있는 아이들과 달리, '나'는 마치 저 눈이 모두 녹아 버린 이후의 시간에 서 있는 것처럼, 오래전 꿈에서 깨어난 것처럼 잠들지 못한 채 그들을 위에서 내려다본다. 이처럼 '내'가 아이들의 바깥에 자리하고 있다는 점이 부각되며 '나'는 집으로 들어가는 "열쇠"를 잃어버린 것만이 아니라, 자신이 속한 세계에 완전히 잠겨 있을 수 있는 아이들의 세계로 들어갈 수 있는 "열쇠"마저 상실한 것처럼 여겨진다.

아이들과 '나'의 이와 같은 대비는 「밤새 눈이 내리고 있었다」에서도 반복된다. 무섭도록 눈이 내리는 세계에서 "아이들은 잠에서 깨어나지 않"은 채 꿈속에 머무는 반면, "노인들은 몇 날 며칠 잠들지 못"하는데, '나'는 이곳에서도 눈을 바라보고 있기보다 "눈 같은 것을/만들어 내고 있"는 "지붕 위"로 시선을 확장한다. 이처럼 세계를 바라보는 시선이 생애에 따라 구분됨으로써 그의 시는 우리를 자연스레 다음과 같은 질문 앞으로 이끈다. 언제부터 우리는 눈이 내리는 이곳이 아닌, 이곳 너머를 바라보게 되었는가. 앞선 비유를 빌려 다시 말해 보자면, 우리는 우리가 속한 상자 안에 있으면서도 그 바깥을 동시에 인식하는 시선을 언제, 어떻게 갖게 된 것일까.

2.

그런 순간은 문득 찾아온다. 「한 수국이 흐릿하게 피어 있다」에서 그려지듯 갑자기 모르는 곳에 당도해 있다는 느낌에 사로잡힐 때, 평소 인식하던 것과 전혀 다른 방향으로 세계가 펼쳐질 때("모르는 곳이 아는 곳으로/아는 곳이 모르는 곳으로/시시각각 바뀌어 가는 골목"), 우리는 도대체 무엇이 우리를 이곳으로 이끈 것인지 이곳에 오기까지 거쳐 온 "몇 겹의 꿈"을 되짚게 된다. "수족관" 속 "물고기"를 보며 그가 바다에서 어떻게 여기까지 온 것인지 문득 그 여정을 상상해 보게 되는 것처럼, 우리는 우리가 이곳에 있다는 사실이 새삼 생경해져 갑자기 주변을 두리번거리기도 하는 것이다.

때로 그런 순간은 어떤 사건과 함께 찾아오기도 한다. 「한때 나는」에서 다뤄지는 것처럼 우리가 누구인지를 비로소 알게 해 준 이를 만났지만(“그를 만났을 때 비로소 내 얼굴이 조금씩 보였다”) 어느 순간 ‘그’는 사라지고 이곳에 혼자 남게 될 때, ‘그’가 간 곳을 상상해 보며 “걸어갈 수 없을 때까지” 걸어가도 닿을 수 없는 곳이 있다는 사실을 그제야 알게 된다.

또한 그런 순간은 이미 지나가 버린 날들을 떠올리며 그것이 어디로 사라져 버린 것인지를 생각할 때 도래하기도 한다. 사라져 버린 시간을 되돌리는 일은 텅 빈 모자 속에서 “새가 나오고 사과가 나오고 꽃이 나오”는 마술과는 달리 현실에서는 불가능하다는 것을 점차 알게 되면서 말이다.

엉터리 마술사의 까만 모자 속에서
새가 나오고 사과가 나오고 꽃이 나오지요 그러나

나의 모자 속은 언제나 텅 비어 있죠
나는 오늘도 텅 빈 모자 속을 보여 주고 빈 손바닥을 털어
보이죠

비어 있는 모자 속에서 날아가는 새를 본 적 있나요
당신은 그걸 믿나요 믿었나요 믿을 건가요

나는 마을을 떠도는 그를 따라 어린 날로 가요

해가 져도 집에 돌아가지 않는 나에게

그는 죽은 새 한 마리를 줘요

나는 새의 차가운 심장을 꺼내고

날아가라고

훨훨 날아 멀리 가라고

지붕 위에서 하늘로 던져 올려요

그래도 새는 자꾸 떨어져요

햇빛 쏟아져 눈이 부신데 새는 왜 날지 못할까요

혹 나의 새가 우는 걸 보았나요 날아가는 걸 보았나요

날다가 어디에 떨어졌는지 알고 있나요

여름 별들은 여름에 살고 북극성은 먼데

오늘도 나는 끊임없이 모자 속에서 죽은 새를 꺼내 날리죠

그때 사람들은 모두 잠들고

잠 속에서도 새는 날아가고

—「새」 전문

　살아가는 일이란 점점 더 자주 "꺾인 골목"을(「장마 2」) 마주
하게 되는 일이라는 듯 최동은은 날아가 버린 새와 같은 지
난 시간들에 대해 자주 적는다. 이곳에 '실제로는' 존재하지
않는 시간들을 의식하며 점점 이곳 너머를 생각하게 된 순

간들을. 그러나 이번 시집에서 시인은 그런 너머가 있음을 확인하는 데 그치는 것이 아니라, 한번 인식된 그 너머가 예기치 않은 순간에 현재 속으로 침입한다는 사실에 더욱 주목하는 듯하다. "상자 속에서 상자가 걸어 나오는" 것처럼 어느 날 과거는 현재를 향해 걸어 나오고, 현재 또한 다시 과거를 삼키며 다음 시간이 이어지는 과정이("상자가 상자를 잡아먹고 상자 속으로 들어간 걸/본 적 있다") 시집에 빼곡하다(「검은 상자」). 이때 과거는, 어린 시절로 돌아간 「새」의 화자가 건네받은 "죽은 새 한 마리"처럼, 비가 지나간 뒤 한참 매달려 있다 떨어지는 빗방울처럼(「지나가는 비」) 어디에 언제 떨어지는지도 알 수 없는 방식으로 이곳으로 되돌아온다. 「봄날 같은, 돈키호테 같은」 등을 비롯한 그의 여러 시에서 시간과 공간이 혼잡하게 뒤섞여 있는 것은 이처럼 우리가 거쳐 온 수많은 시간들이, 다시 말해 차례로 열어젖힌 상자들과 같은 과거가 현재의 시간 위에 무질서하게 겹쳐지기 때문일 것이다.

　서로 다른 시공간에 속해 있던 것들이 뒤섞이는 이러한 순간은 지금-이곳만이 아니라 다른 층위의 시공간이 동시에 존재하고 있음을 다시 한번 감각하게 하지만, 그것만이 전부는 아니다. 그간 하나씩 열어젖힌 상자들이 어떤 계기에 의해 겹쳐질 때, 우리는 이전과는 다른 높이에 선 채 새로운 시야를 갖게 된다. 이때, 그 상자들이 질서 정연하게 배치되는 것이 아니라 겹쳐지고 어긋난 채 쌓여 있다는 것은 유념할 필요가 있다. 이는 이곳 너머를 의식하게 된 우리가 계속해서 상자의 바깥을 바라보는 위치에 머무르는 것이 아니라 상자의 안과 밖을 유연하게 오갈 수 있는 이유이기 때문이다. 이번 시집의 가장 큰 특징이라고 할 수 있을 다중 시점은 바로 이러한 과정에서 형성된 결과로 보인다.

예컨대, 「새 발자국」에서 '나'는 "얼어붙은 호수 위"에 모여 있는 새들과, 새처럼 날아가 더 이상 이 세상 사람이 아니게 된 가족이 있는 "그곳"을 겹쳐 포착한다. "고양이 등에 얹힌 햇빛"이 어느 순간 '나'의 몸을 가로지르는 것처럼 '나'는 마치 "어디까지 갔다 올 수 있을"지 시험하듯 자리를 옮겨 가며 그때마다 시선의 방향도 달라진다. 「소금밭을 지나가고 있었다」는 이러한 시선의 위치 변화와 혼재된 시간의 층위가 극대화된 작품이다.

눈이 따가웠다
이가 아팠지만 참았다
입안에 짠물이 고였다

누가 소금기 밴 신발을 벗어 던졌나
심장 같은 거무스름한 걸 꺼내 말렸나
낡은 수차가 돌다 멈추곤 했다
햇빛이 소금 알갱이를 물고 반짝거렸다

멀리서 더 멀리서

소금 온다, 소금이 온다

바닷물을 퍼 나르던 그들은 보이지 않았다

다리 위를 달리는 차들이 장난감처럼 보였다
저 다리는 언제부터 저기 놓여 있던 것일까
다리를 건넌 사람들은
북이나 서
어디로든 갔을 테지만

하남은 여기서 얼마나 먼가
떠날 때 미리 말하지 않은 일 한두 번인가

서로 스며 잘 절여질 것이다
노지 배추도 숨 죽고 나면 차분해질 것이다

한 바퀴 돌고 다시 보니
그 염전 그 자리에 없었다

—「소금밭을 지나가고 있었다」 전문

눈이 따갑고, 입안에 짠물이 고일 만큼 가까이서 소금밭을 지나가고 있던 '나'는 점차 이곳을 내려다보는 위치로 이동하며, "바닷물을 퍼 나르던 그들"을 바라보던 자리에서 "다리 위를 달리는 차들이 장난감처럼" 보이는 위치에 이른다. 이때, 다리를 건너는 행위는 떠나는 일에 대한 과거의 기억으로 나아가며("떠날 때 미리 말하지 않은 일 한두 번인가") 시간의 층위가 뒤섞인다. 이어 화자의 시선은 다시 가까운 곳으로 급격히 돌아오고("노지 배추도 숨 죽고 나면 차분해질 것이다") 시간은 과거에서 현재로 전환된다("한 바퀴 돌고 다시 보니/그 엽전 그 자리에 없었다"). 이처럼 시공간을 가로지르는 이동과 전환은 평면적인 좌표로 환원되지 않는 인식의 층위를 드러낸다. 세월을 지나며 시선의 넓이와 높이를 얻은 최동은의 화자는 서로 다른 거리와 높이에서 세계의 여러 면면을 하나의 시선 안에 겹쳐 보게 된 것이다.

3.

이처럼 세월을 통과하며 시선의 높이와 넓이를 획득한 이들은 대부분 그 위치에서 세계를 다시 바라보는 일에 몰두한다. 이전에는 보이지 않던 것을 비로소 보게 된 기쁨은 자신의 깨달음을 서둘러 기록하려는 충동으로 이어진다. 그러나 최동은 시의 미덕은, 그처럼 겹겹이 쌓인 상자 위에 올라선 순간에도 여전히 삶에는 알 수 없는 지점이 존재한다는 사실을 드러낸다는 데 있다. 애초에 삶은 하나의 시점으로는 그 내부를 속속들이 볼 수 없는 상자와 같은 입체이며, 시점의 이동과 시간의 경과를 통해서만 그 내부를 부분적으로 구성해 갈 수 있는 것이 아닌가. 상자들이 불규칙하게 쌓이면 필연적으로 가려지는 부분이 생기듯 최동은은 그런 높이에서도 여전히 세계를 다 볼 수 없음을 강조한다. 그리하여 그의 시에서 우리가 마주하는 것은 세상을 통달한 자와는 가장 거리가 먼 자의 태도다.

이쪽은 환한데
저쪽은 깜깜하다
죽은 사람들이 줄 서 있는 것 같다

이 나라에서
바다를 보려면
세 나라를 거쳐야 한다고

내리면서 쌓이면서 사라지면서
눈은 수백 년 내린 눈 그대로인데

칼같이 뾰족한 저 산맥의 이름은 뭘까
햇빛이 비행기 날개 끝으로 미끄러지는 것이 보인다

거울 속에 거울 속에 거울처럼
눈 속에 눈 속에 눈처럼
보였다 안 보였다 보였다

저기 봐
들판이 온통 하얀 꽃잎 한 장이야
그 아래 누군가 걸어가는 것 같다

지금보다 더 지금 같은 지금이
활주로 위에 누워 있다

　이번 시집의 첫 작품인 「공중」은 그러한 태도를 미리 예고하는 시로 읽힌다. 위에서 아래를 내려다보면 "들판"은 "온통 하얀 꽃잎 한 장"에 불과할 만큼 작고 납작해 보일 것이지만, 그는 "그 아래 누군가 걸어가는 것 같다"고 추정한다. 서 있는 위치에 따라 무언가를 볼 수도, 보지 못할 수도 있다는 것을("보였다 안 보였다 보였다") 그는 첫 시에서 미리 확인해 두었던 것이다. 그렇다면 최동은에게 시야의 높이와 넓이를 갖는 일은 더 많은 것을 보는 일이라기보다, 어느 방향에서도 완전히 드러나지 않는 세계를 확인하는 일이자 "지금" 자신의 위치를 다시 감각하는 일에 가깝다. 그는 "공중"에서 아래를 내려다보며 세계를 이미 다 본 것처럼 확정하려는 것이 아니라, 착륙 직전 "활주로"처럼 구체적으로 도래하는 '지금'을 어떻게 살아 낼 것인가를 궁리한다.

　그러므로 시집의 마지막 시인 「흐린 날」을 그러한 궁리 끝에 도달한 하나의 결론으로 읽는 것은 무리가 아닐 것이다.

볼 건 없어요

여기선 바다도 잘 안 보이구요

다른 데 가 볼까요

아뇨

안 보여서 더 좋아요

여기까지 왔으니 그냥 가 보죠

바다가 바다로 보이지 않아서 좋네요

물 빠진 바다

갯벌이라고 하나요 개펄이라고 하나요

우리 질척거리지 않기예요

바다가 바다로 보이는 곳까지 걸을까요

경인고속도로를 타고 바다가 멀리 나갔네요

이 바다가 끝나는 곳은 어딜까요

저쪽 다리 아래 둘레길이 있네요

바랜 듯 피어 있는

저 꽃도 백일홍이라고 하나요

우리 꽤 많이 걸었죠

카페를 찾아볼까요

둘러봐도 카페가 안 보이네요

끝까지 더 가 볼까요

이 바다가 끝나는 곳은 어딜까요

저어기……

물이 들어오고 있네요

바다가 바다로 돌아오고 있는 거죠

―「흐린 날」 전문

바다가 잘 보이지 않는 흐린 날, 다른 곳으로 가기 위해 애써 볼 수도 있겠지만 '나'는 "여기까지 왔으니 그냥 가 보"자고 말한다. 바다가 또렷하게 보이지 않는 불투명한 시야를 기꺼이 받아들이며, "이 바다가 끝나는 곳"이 어디인지를 궁금해하면서 말이다. 어찌할 수 없는 일을 통제하려 질척거리는 대신, '나'는 끝내 알 수 없는 바다의 끝을 향해 계속해서 나아가는 것을 선택한다. 이를 삶의 행보에 대입해 보면, 긴 세월을 거쳐 왔음에도 여전히 알 수 없는 것들 속에서 끝까지 가 보려는 것, 그 끝에 대한 궁금증을 끝내 놓지 않는 태도라 할 수 있겠다. 그렇게 앞으로 나갈 때, 삶은 어느 순간 자연스럽게 그 모습을 드러낸다(^{"바다가 바다로 돌아오고 있는 거죠"}). 삶은 정복하여 끝내 모두 알게 되는 목적지가 아니라 묵묵히 걸어가는 이에게 잠시 그 모습을 드러낸다는 것. 이것이 이번 시집에서 최동은이 다다른 결론일 것이다.

물론 이것은 이 글이 그의 시를 얼어젖히며 도달한 하나의 결론일 뿐, 이것이 유일한 답은 아니다. 우리의 삶이 그러하듯, 이 시집 역시 하나의 시점으로는 모두 포착할 수 없는 층위들이 겹쳐 있기 때문이다. "꽃잎 한 장" 아래를 구석구석 더듬는 손길에 의해 그의 시는 또 다른 방식으로 새롭게 쌓아 올려질 것이다. 그러한 시간을 보내는 이에게 내일을 여는 순간은 다시 기대로 가득 찰 것임을 나는 믿어 의심치 않는다.